가리봉
호남곱창

加 里 峰 湖 南 肥 肠

조하연 시 | 손찬희 그림

결애
愛

詩장, 가리봉 詩장으로 가자.

치열한 하루를 살아냈고 살아내는
가리봉의 과거와 이즈음 고단함의 무늬가 꼭 닮았다
데칼코마니 상처가 팔딱이는데
돌아보니 상처가 힘이었다고 가리봉이 나지막이 일러준다
내내 시렸던 영하의 가리봉에 가리봄이 깃들 기를 바라며
오늘도 가리봉 시(詩)장을 찾는다.

- 조하연

'심(心)에 심고 시(詩)로' 틔우기 위해
[가리봉시장 호남곱창] 주영자 어르신의 사연을 재구성하였다.
사회적기업 **도스토리연구소**와 ㈜**마을다님**이 더불어 귀와 발이 되어주었다.

가리봉 호남곱창

加里峰湖南肥肠

김주사네 초장 먹으러 가자

去金家吃醋酱吧

진도서 나고 자랐지
土生土长的珍岛人

바다 향 안 나는가?
没闻到海水的味道吗？

곧 결혼이 환갑이여
结婚已六十载喽

우리 집 아저씨 해남군 산이면 농협 다닐 적엔
我家掌柜的，他在海南郡山二面的农协工作时

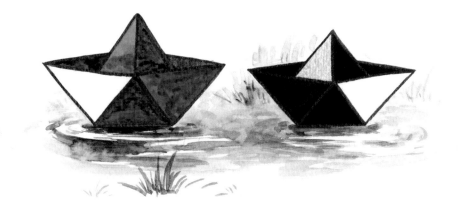

'김주사네 초장 먹으러 가자'가
"去金家吃醋酱吧"

한 잔 하자는 윙크였지
就是要喝一杯的信号

빻은 찹쌀 똥그라메 구멍 뻥 뚫버
磨好的糯米揉成团，里面抠个大洞

장 대리는 날 넣어가 고추장 담궈 만든 초고추장

煮大酱时放进去做的辣椒酱，加工成了醋辣酱

막 잡아 온 낙지보다 그 맛이 좋았다면
如果说比刚抓来的章鱼还要美味,

말 다 한 거지
这事就算成了

초장이 뭔 안주라고.
醋辣酱又不是下酒菜

김주사네 목포 나와
出金家木浦的门,
초장 단지 한 자까지 싹 없애불고
吃没了半坛子的醋酱

싹둑, 가리봉 호남곱창 호남댁이 되었지

这不，成了加里峰湖南肥肠的湖南氏了

호남 김치판매

삼 년만 할랬던 게 손님 두고 갈 수 없어
本想只干三年，怎能扔下客人离开

내일 내일 하다 그만 삼십 년 되었응게.
一复一日，竟过了三十年

그란디 가지런하던 여덟 곱창집
但是八家并排的肥肠店

그 실허던 이 다 나가고
陆续都走了

이잔 여 하나 남았으
现在只剩我一家

잇몸으로라도 여서 시절을 뭉개야지
熬也要在这打磨时间的

나마저 없으면 영 사라지는 거 아녀
连我都离开这里,

우덜 모두 말여.
那可真是人去楼空了

삼십 년이면 바람도 갈아타
三十年的岁月，风声也寂寥

중국 바람이 불더니
一阵风从中国吹来

싸우고 찢고 할퀴고 난리도 아녔지

人物杂处，击搏挽裂，乱成了一锅粥

원래 들고 날 땐 기운들이 요란한 법이여
风吹浪打的岁月，怎能期待风平浪静

방 빼고 넣는 일이 수월한가
人头攒动，什么事能简单吧

지나믄 것도 다 사람 사는 일이지
过去了, 都在于人情世故之内

잠잠하지 않고는 바람 지도 못 버티지
只不过是一丝丝的风吹草动而已

이자는 단골이 죄 중국동포들인걸
现在的常客都是中国人

막 담은 김치를 얼마나 좋아하는디
刚做的咸菜，不知道有多喜欢

할미 어미가 여준 거 새처럼 받아먹고 자라
像奶奶、妈妈喂着，张着嘴巴追着天上要

그거이 손끝 마디마디 스며 손맛이 되었지
手艺活，不光用手，靠的还是用心呀

어깨너머로 익힌 시어머이 물간은 어떻고
不经意间学到的婆家淹水法，也算以心传心了吧

바람 맞다보면 내가 바람이 돼
风吹过了，你也就变成风了

가만 가만 몸을 맡기면 내가 축인겨
乘风而起，顺势而为就好

달 가고 해가는 대로
只盼着日薄西山，

자는 듯 둥둥 데려가 달라고 기도햐
再悄悄许个愿，我将随风而去

괜찮은 기도지?
听起来，很不错吧？

긍게 억지로 축내지 마
就不要硬撑了

눈 감았을 때 보이는 걸 잘 붙들어
时光最珍贵，眼睛最骗人

눈 감고도 나헌티 떳떳하믄 되는겨.
闭目安息，对得起自己就好

에필로그

곱창 볶는 일쯤이야

눈 감고도 하지.

눈 감는 건 자신 있어.

늙은 것이 아니라

익은 것이 무서운 것이여.

저절로 되는 거여.

그 때는.

1

"가리봉도 好시절 있었더랬지"

시간 남을 때면 복숭아고 과일 쪼개서 끓여갖고 통에 넣어두었다 이쁜 손님들 오믄 믹서에 갈지. 놔두면 뭐 되남. 나누는 거지. 결혼? 62년도에 했으니. 58년 되었네. 팔십이여, 내가 이제. 결혼이 환갑이네 결혼이 환갑이여. 89년도 먹고 살 요량으로 가리봉에 호남곱창집을 열었지. 그 땐 중국 음식이 어딨어. 곱창 집만 여덟이었는데. 여부터 저 끝까지 말여. 호남곱창, 제일곱창, 진미곱창, 해태곱창, 목포곱창, 영광곱창, 광주곱창, 털보곱창. 곱창집마다 테이블이 꽉꽉 찼더랬어, 그 땐. 초록불 꺼질 날 없었지. 돈을 거둬 벌어. 한 판에 이천 원짜리를 막 갈아 엎었응게. 해남서 대농(大農)하다다 없애 불고 여 왔는데 요것이 잘 되더라고. 일꾼하나 안들이고도 농사짓는 것보다 나았응게. 시장 골목이 꿈틀거렸지. 사람이 빽빽해서 리어카가 못 빠져 나갔응 게. 지금은 나밖에 안 남았지.

나마저 없으면 영원히 사라지는 거지.

우덜 시절이 말여. 모두 말여.

2

"마음도 사람도 간을 잘 맞춰야혀"

그러다 자고 났는데 공기가 바뀐 거지. 중국 바람이 훅 불더니 서로 막 싸우고 난리도 아녔지. 무섭고 그랬지. 원래 들고 나고 할 때 기운들이 요란한 법이여. 기운들도 지들 방 빼고 넣는 일인데 어디 수월 컸어? 것도 지나믄 잠잠해져. 바람이 진종일 부나 어디. 순대랑 겉절이 단골이 이제는 중국동포야. 얼마나 잘 먹는디. 막 담은 걸 좋아해. 내 김치는 한 번 먹으면 그칠 수 없어. 그건 내가 알아. 비결? 그냥 힘껏 담아 갖고 오든지 말든지 하믄 되는겨. '먹어봐라 먹어봐라 그래 내가 이래 주고 먹어봐라. 맛을 봐야 맛을 알지. 맛을 봐야 맛을 알지.' 왜 샘표 간장 선전 안 있냐. 일단 먹어 보믄 다음은 말할 것 없고. 곱창에서 김치로 은근슬쩍 넘어갔지. 세대교체 세대교체 안하는가? 주구장창 곱창만 고집할 수 없지. 팔릴 걸 만들어야지. 내 것은 1위여. 전라도 사람 아니냐 내가. 바닷바람도 고향바람도 내 손에 깃들어. 할미 어미가 입에 넣어 준 거 새처럼 받아먹고 자라 그 거이 여 식도를 타고 내려가 손 끝마디마디 안 살아있는가. 시어머니 헌 티는 물간을 배웠지. 딱 맞는 그 물간 말여. 손에서 깨끗한 말간 물이 똑똑 떨어져. 어찌 깨끗이 잘 하는지. 똑 떨어진단 말 알지. 마침표여. 딱 마침표. 해남서 목표까지 가가꼬 양념을 사다가 고추는 질 좋은 놈으로다가. 깻가루는 또 어떻게. 맷집 좋은 놈으로만. 황석이 맥적 오만 거 다 갖다가 대려. 가마솥에. 뭐를 담군 들. 그거스로 말여.

시어머이 그 해남 김치 맛을 낼라 그래도 여서는 안 디야. 재료가 그 시절 맛이 아녀. 묵은지 내놓으면 관솔이라는 거이 있어. 설란에서 나온 관솔. 그 불 댕기면서 타는거. 송진같이 생긴 거. 빛깔 고운 맛깔나는 거 보고 관솔족족 같다고 왜 안혀냐. 전라도 말로 관솔족 같이 맛 나겄다. 그랴. 그거 쫙쫙 찢어 밥에 얹어 먹으면 고길 왜 먹어. 그라고 보니 옛날 풍경 그 맛이 관솔족 같네.

3

"아껴야 할 데가 있고 아끼믄 안 될 곳이 있어. 때를 알아야 혀."

호남곱창 자리 얻기 전에 노상에서 떡볶이를 팔았는데 사 분에 한 번씩 사람들이 쏟아져. 지하철이 뱉어내면 새떼마이로 와그르르 몰려와 먹어. 순대 떡볶이를 일곱 판을 갈았응게. 삼백 원, 이 백 원 이래 팔아도, 하루에 이십 오 만원 이었으니까. 월급보다 많았지. 실패하고 서울 와 쏟아지는 사람보고 놀라는 통에 슬퍼하고 말고 할 겨를이 어디 있어.

부지런히 벌어 호남곱창 얻고 여는 눈 와도 비와도 맘이 놓일 곳 있다는 게

어딘디. 공단 사람들 여섯시 퇴근을 이리로 해. 삼 년만 할랬던 게 손님 두고 내일 내일 하다 삼십 년이 된 게지. 깻잎이고 야채고 다 여 안에서 사다 써. 호남상회, 제일상회, 중앙상회. 여서 다 되지. 여서 다 쓰야 하고. 곱창만 하루에 오십 근씩 받아다 썰어놓으면 재료야 끝이었지. 이젠 어깨가 어긋 나가꼬 곱창 대신 내가 병원을 드나들지만. 주사 맞으믄 쪼까 견뎌지고. 쓰믄 또 아파야. 근디 순리지. 보통 썼는가.

그래도 기다려져. 시절이 그 시절 사람이 말여. 그러다 찾아오면 어째 할지를 모르겄어. 반가워서 말여. 지난번에도 오십이 넘어 여기를 떠났는데 그들도 나이들이 솔찬히 되었지. 젊은 시절에 와가꼬 허기 채웠다고 내가 그대로 있응게 반갑다고 거스름돈 오만 원 짜리를 안 받아. 뭐 사 잡수라고. 와 주는 기 어딘디. 외롭고 가난할 땐 배가 텅 비어. 채워도 비고 채워도 비고. 녹아버리는지. 그 속 채우는 일이 좋았지. 가끔 김치 담아놓고 너무 담았나 할 때도 있지. 덜어 내냐고? 덜믄 안 되는 거시지. 그런 짓거린 안해야해. 들었다 났다 배 속에 들이는 거 갖고는 그라는 거 아녀. 나이 이렇게 먹어 가꼬 돈 어디다가 쓰겄다고.

서울 와 겪은 마음 중 질루 힘들었던 마음이지. 이놈의 땅 그냥 떠나야지. 밤마다 결심 했다니깐. 사람 살 때 아니다 함시롱. 그러니 나는 반대 맘으로 그리 안 해야 쓰겄다. 장사 갖고 싸우지 말고. 그리 안 해야 쓰겄다. 내 안에 가시가 되었어. 인자 살다 살다 생각하니 그게 버티게 해줬다 안하는가. 그 거시 중심이 된 거지. 삼십 년 축이 된 거여. 여 가리봉 시장에 딱 박힌 축 말여.

비법 알려달라고 젊은 사람들이 왜 찾아도 오지. 제대로 가르쳐 주고 이만하

면 되었다 싶어 보내도 그 맛이 안나. 손맛? 그렇지 그것도 있지, 아무렴. 그란디 재료야 재료. 아껴야 할 데가 있고 아끼믄 안 될 곳이 있어. 그 때를 알아야 혀. 마늘은 썩음은 못 먹어. 시골서 농사지은 마늘 집에서 먹는 걸로 다대기를 만들어야해. 신화당 같은 조미료 넣으면 음식이 쓰고. 물은 기름으로만 해야 하고. 기본이여 기본. 보이지 않잖아. 양념은. 보이지 않는 것들이라 더 좋은 놈들을 써야는 겨. 그게 멀리 돋보이는 겨. 그래야 오래 버텨. 뭘 하든.

4

"늙은 것이 아니라 익은 것이 무서운 것이여"

그라도 내 피부는 아직 소녀여. 양산 쓰고 댕겨야해. 안 그럼 익어 부려. 남은 소원? 요래 살다 손주들 용돈 주는 할매 노릇 가붓이 하는 기지. 그러다가 너무 춥지도 덥지도 않은 날 '오매오매 잠에 죽어 부렸다더라!' 그 말 듣고 갔으면 좋겠구먼. 그래 기도해. 잠잘 때 불러주쇼, 하고. 괜찮은 기도지? 곱창 볶는 일쯤이야 눈 감고도 하지. 눈 감는 건 자신 있어. 늙은 것이 아니라 익은 것이 무서운 것이여. 저절로 되는 거여. 그 때는.

詩

가리봉 호남곱창

김주사네 초장 먹으러 가자

진도서 나고 자랐지
바다 향 안 나는가?
곧 결혼이 환갑이여
우리 집 아저씨 해남군 산이면 농협 다닐 적엔
'김주사네 초장 먹으러 가자'가
한 잔 하자는 윙크였지
빻은 찹쌀 똥그라메 구멍 뻥 뚫버
장 대리는 날 넣어가 고추장 담 가 만든 초고추장
막 잡아 온 낙지보다 그 맛이 좋았다면 말 다 한 거지
초장이 뭔 안주라고.
김주사네 목포 나와 초장 단지 한 자까지 싹 없애불고
싹둑, 가리봉 호남곱창 호남댁이 되었지
삼 년만 할랬던 게 손님 두고 갈 수 없어
내일 내일 하다 그만 삼십 년 되었응게.
그란디 가지런하던 여덟 곱창집
그 실허던 이 다 나가고
이잔 여 하나 남았으
잇몸으로라도 여서 시절을 뭉개야지
나마저 없으면 영 사라지는 거 아녀 우덜 모두 말여.
삼십 년이면 바람도 갈아타

중국 바람이 불더니
싸우고 찢고 할퀴고 난리도 아녔지
원래 들고 날 땐 기운들이 요란한 법이여
방 빼고 넣는 일이 수월한가
지나믄 것도 다 사람 사는 일이지
잠잠하지 않고는 바람 지도 못 버티지
이자는 단골이 죄 중국동포들인걸
막 담은 김치를 얼마나 좋아하는디
할미 어미가 여준 거 새처럼 받아먹고 자라
그거이 손끝 마디마디 스며 손맛이 되었지
어깨너머로 익힌 시어머이 물간은 어떻고
바람 맞다보면 내가 바람이 돼
가만 가만 몸을 맡기면 내가 축인겨
달 가고 해가는 대로 자는 듯 둥둥 데려가 달라고 기도햐
괜찮은 기도지?
긍게 억지로 축내지 마
눈 감았을 때 보이는 걸 잘 붙들어
눈 감고도 나헌티 떳떳하믄 되는겨.

加里峰湖南肥肠

去金家吃醋酱吧

土生土长的珍岛人

没闻到海水的味道吗？

结婚已六十载喽

我家掌柜的，他在海南郡山二面的农协工作时

"去金家吃醋酱吧"

就是要喝一杯的信号

磨好的糯米揉成团，里面抠个大洞

煮大酱时放进去做的辣椒酱，加工成了醋辣酱

如果说比刚抓来的章鱼还要美味，这事就算成了

醋辣酱又不是下酒菜

出金家木浦的门，吃没了半坛子的醋酱

这不，成了加里峰湖南肥肠的湖南氏了

本想只干三年，怎能扔下客人离开

一复一日，竟过了三十年

但是八家并排的肥肠店

陆续都走了

现在只剩我一家

熬也要在这打磨时间的

连我都离开这里，那可真是人去楼空了

三十年的岁月，风声也寂寥

一阵风从中国吹来

人物杂处，击搏挽裂，乱成了一锅粥

风吹浪打的岁月，怎能期待风平浪静

人头攒动，什么事能简单吧

过去了，都在于人情世故之内

只不过是一丝丝的风吹草动而已

现在的常客都是中国人

刚做的咸菜，不知道有多喜欢

像奶奶、妈妈喂着，张着嘴巴追着天上要

手艺活，不光用手，靠的还是用心呀

不经意间学到的婆家淹水法，也算以心传心了吧

风吹过了，你也就变成风了

乘风而起，顺势而为就好

只盼着日薄西山，再悄悄许个愿，我将随风而去

听起来，很不错吧？

就不要硬撑了

时光最珍贵，眼睛最骗人

闭目安息，对得起自己就好

시(詩)장 시리즈

시장의 셔터가 닫히면
비로소 벌어지는 詩장

소란한 낮을 딛고
까만 쏠쏠함이 깔리는 밤

닫힌 셔터에 새겨진
한 평 가게의 이야기가

닫힌 가게의 한낮
그 유영을 상상하게 한다

낮에는 장바구니에 물건을
밤에는 맘바구니에 감성을

그리하여
달도
골목도
너도
그리고 나도
덜 외로워지기를

시 **조하연**

예술로 마음을 보듬는 '곁애(愛)'에서 활동 중인 시인은
삐딱하고 허름하고 후미진 구석에 깃든 마음을 시(詩)로 엮어낸다.
부드럽고 강한 힘을 지닌 시(詩)는 상처에 바르는 연고가 되어주고
시린 가슴은 시(詩)를 딛고 아물어 간다. 그렇게 가시는 시(詩)가 된다.
동시집 『하마 비누』『눈물이 방긋』, 그림책 『형제설비 보맨』『소영이네 생선가게』 등을 출간했다.

그림 **손찬희**

태어난 곳이 하동이고 미루나무를 보며 자랐다.
붓을 들고 그린 것들은 모두 미루나무의 친구들이었다. 그렇게 자연을 읽고 느끼는 중이다.
시(詩)그림책의 그림을 그리며 가본 적 없는 서울, 가리봉을 상상한다. 붓이 나보다 더 멀리 나를 데리고 갔다.
이십 대 내 경험은 대부분 처음 일 테다. 두렵고 겁도 나지만 떨림을 안고 첫 그림책을 세상에 내놓으려 한다.

1999년 경상남도 하동 출생
동아대학교 미술학과 졸업

번역 **박려정**

언제나 당찬 '동포소녀'이고 싶다.
중국 용정에서 가리봉으로 흘러드는 동안 시인을 번역가를 꿈꿨다.
가리봉 시그림책의 시(詩)를 번역하게 되어 얼결에 반 이상 꿈을 이뤘다.
몸은 여기 있으나 마음은 멀리 사는 것만 같던 어제가 조금씩 달라질 것 같다.
내일은 더 당찬 '동포소녀'로 또 다른 '동포소녀'들의 단단한 거울이 되어보련다.

1987년 중국 용정시 출생
한국외국어대학교 국제지역대학원 한국학 박사 졸업

감수

중국동포타운신문사 대표 **김정룡**
한중포커스신문사 대표 / 화가 **문현택**

가리봉 호남곱창

초판 1쇄 발행 2021년 8월 5일

지은이	조하연
그린이	손찬희
번 역	박려정
감 수	김정룡 / 문현택
펴낸이	조하연
펴낸곳	도서출판 곁애
등록번호	제2501-2015-000096호
기획제작	문화예술 협동조합 곁애(愛)
주 소	서울시 구로구 신도림로 13길, 51 1층
팩 스	02.6442.5552
이메일	39pretty@hanmail.net
홈페이지	https://ko-kr.facebook.com/BCbesideU
디자인	보란듯이

ISBN	979-11-959981-5-9 [04810]
	979-11-959981-9-7 (세트)
가 격	12,000원